lux poetica ❺

# 誰もいない夜

高安海翔

思潮社

A・Kに捧ぐ

# 目次

装画＝當麻卓也《落涙濾過》2024
装幀＝戸塚泰雄

# 誰もいない夜

倒れる

受けてある
みずの亡き
皿にひかる

# 私淑

懐かしい舟がすぎて
水のない海に落ちても
生きてるみたいなお墓で
また会いましょう

# わたし

こわれたらなおして
こわれたらなおして
わたしが
わたしからまもってあげなくてはならない
あなたはほんとうのわたしよ
あなたはほんとうのわたしではない

# 動機

光の舟に隠されて
名前が変わっても
あなただとわからない
言葉がいないと
動機だけがうつくしい

# あたらしい庭

輪を描いて
かえらずのそとに出る
記憶のない朝
あなたとは
遊んだことがなかった
まっさらな更地がある

# 部屋

途方もない時間をかけて
少しだけ感じていられた
しすみをむなもとにあつめて
だれか模した海がはなす

# 階段

礼文という鳥を終ろう
絶え間ない無のロープの
わたしたちは
暗い階段で
鋲を洗い流す雨よりも
弦のような呼吸がながかった

# 耳

皮も肉も骨も脱ぎ捨てて
名前を呼んで欲しかっただけなのに
筆舌が絶筆でなくなって
守る王の話を
いつまでも生かされている

# 忘れられた舟

忘れられた舟に乗り
静かな室の頭から倒されている
読み捨てられた月命日は大きな群れになった
去ることは叶わない
この世の果てまで
わたしは
わたしのような挿画のあばらが剝き出している
秘められた奥はわたしのいない舟だ
知るため　愛するために
わたしはこの舟の遊弋をうったえる

# 鋼

死後のない生き物は
あおいはがねが千切れる
今はひとさしゆびをながく迷わせ
入り組んでいくわたしたちという
虚構を支える
神としてあなたとして
分かれ道でみおぼえをわずかに残し
在ることの亡き虚《おおぞら》のこころがわりに
そこなうを彩った

この炉をわたしのものにすれば
立つことのうつくしさ

# 防波堤

まず死の神が近い堤の
ここまで来たのだから
しずかに交わされる窓の夜の
世界の脱衣を試みる
しばらくじっとしていると
傾けられた匙から
かなしいときがあかされ
廃墟がいっぱいにあふれる
わたしはおぼえている

# ありふれた馬

捨てられた数万文字を
谷底から拾うと
その短編小説が
自殺する馬の話だった
馬は白く
男はやさしかった
かつて売られるはずだった
その身のよろこびを
わかちあう

けれども突然に
男は激しく鞭を打ちつける
この話をわたしは
翻訳することができないとおもった

# 朝

あなたの犯罪におおくくるしむ
と同時に
よろこびのためのつくりをうけいれる
愛のようなもの
があふれてくる　愛ではない
なおるのがおそいあなたのひふをさわる
文字のようなあとがある

# 君臨

ことばをなくしたのは
からだがほしかった　からではなくて
こころをほしかったから　そうして
どちらへも　たどりつくかのうせいを　うしない
ふたつがふたつであることでめぐりあうのを
しりながら　わけてしまったことは
ことばのせんおう　あるいはからだの
こころのせんおう　それぞれがわかれてゆき
ただしさはなにもない　どこにもない

わたしが　わたしというながれをゆく
わたしがおうとしてくんりんするのをみるのはつらい

# 祝福

溢れ雫のくるぶしを閉じ込めるかまくらが水門のそばでうずくまっている
拒食へのささやかな善意を踏み潰している
天涯花を髪に刺してつゆつゆとあるけば　誰もいない夜は
いくつもの恨みを通り過ぎて真夜中の画布になって湾を目の中へ踊らせている
月が二つあることをおもいでに骨が溶けても立っていられたら
手のひらを巡る哭きやすい庭が時を抱きしめている
胸元へ撒かれた斥力がわたしを破壊する
萎れた栞のやさしい爪先が眠るのを見た
まぼろしがうつくしい
あなたはなにもこたえない

# 暴れる

降ろされて
はなやぎに
可愛がられる

# 窓

いえをたてる
いえをこわされる
こどもがうまれる
こどもがころされる
たてるかときかれて
たてないといったら
みぎあしをうちぬかれた
どうしてわらうんですか
わたしはこどもをうみたい

# いきものだ、たべろ！

帰ったら鍵を閉めるよう言われた
帰っても鍵を閉めるなと言われた
それはそのときどきの家族の数が
ちょうどであるかどうかに左右され
わたしは当然わからない
わたしの前に誰がいて
これから誰が来るのか
祖母に尋ねた
何人であるのか

祖母は私を見ず
一日中
床をなめて
髪の毛を拾っていた
生まれつき足の弱い犬に向かって

はやくおうちにかえりなさい！

かぞ　　　る
　く　ふ　　え　　　な

とわたしは思った。

# 潮見

結石は貝殻だ
うつくしい貝殻
うみうしはフーガ
せきとめるからだのなかを
うみうしなだれ
うつくしい状態
第五処理場から
第五福竜丸まで
声色が怖いよ

世界中だけが
夢の島だけが
わたしだけが
なにかしている
なにもしていない
エリシアクロロティィカ
バイオルミネセンス
ラネフスカヤ
まけるすがた
こわがらないで
レーザービーム
歴史は既往歴だ
蟻の町のマリア
アフターピル
アフターピル

しおかぜにのって
腕のないパンチ
人工かいがんで
なめすてんれす
アンコールピース
どうしてわたしの親は
あなたに跪かないのかしら

# わたし

わたしの役目は天使の目録をつくることだ
天使は
猫のような顔をしている。∞の猫、
限られた
仲間たち。強制収容所。猫の島、
わたしはわたしを渡した証だ。
アカシアの
木のように受け継がれるものがある
埋立地

海に出れば殺ず必される。サーフィン
が好き（書き間違えました）
だ。屋形船になりたい。電気
ショックを与え
てやりたい。
ガザ地区は、
江東区だ
紙がないので
これでおねがいします
（所って爪みたいだ）

# 束骸骨の落花

モビール
伏線よりも
付箋を貼る
代名詞だ。加之
光ぼら、はばら、
はばらでぃ。パラボラ
アンテナはパワフルな
カレンダー、衍字も
孑孑のかたちをして

好きな花
がいこつさん
光千文字の交換
四肢は宇宙
血尿に住む
聴かせる枝
紙はアネモネだ
七芒星の頭部を
つまんでひねる

# テヲ

手を、　とわたしが祈るとき目からぬるく
はらみ引き抜かれた神経と骨格の大きな
帰厩が　気球が　希求が　　飛んでいた
さっきのやみよりも飛んでいたやはらか
な、　　手は　　　さっきのこたえは
みずからをさかいめとかんがえるように
うたれた　ころびうた　ねむらずにいて
なにがうまだったのかしら　おとうとと
よぶべきそんざいよ　ほんとのわたしよ

かいこんのひとを　あにとおもうことで
どうしてすてきなきょうの　あぶみ　に
あしをかけたのがきっとうまのはじまり
いちどだけであったものたちのための

いやだわ　テヲ　手を目から脊髄なんて
怯えて見えたさっきより　もっとかくれた
切り剃られた前髪をわたくしの胴体へ向う
おかえりのうまたち　回想を摘出するため
化膿に対する流れを行く蹄絵のパーティを
破裂、祝福の根が絡まるわたくしとおまへ
ふかかいなうらぎりさえ　あそぼうとした
たったいまかけぬけていったうまよ
こんなことのためにみずがすきで
みずのみばがみえるたえがたく

たえがたくたえがたく
たえがたくながれ

# カヲ

カヲ、我、トケテシマウ、カヲガトケ、テ、
シマウ棺桶を、開けて仕、舞う謎、が解、けて
、カヲが溶けて終う、ヨウデアッタ、ア、カヲ
画、その繭が、その瞳が、夜に差す夜の日、差
しが、蔀の奥に、追ワレ、テシマウ粉々になっ
て、しまう痛みを忘、れられて紙格子の奥、に
始、末され、編み垂れてしまう、針上手の野蛮
な闇の奥にカ、ヲの顔ガ壊れてしまう恐ろしい
恐ろしいオソロシイ記憶の忘却　　　あ

私ハカヲツクル、カヲヲツクル、コトニシタカヲはムズカシイ、私、輪、棘を抜い、てしまう骨を梳、いて仕舞う刻メ、ナイはずの時を浮いてシマウカラ、カヲ、言葉の塵でできた、カヲ、ヒトケノナイ薄闇で照らされて、その熱が、眩しさが、滴らした汗がカヲを濡らしてしまう、カヲを濡らしてしまう……

タイヨウガモエテシマッテアタマガイタイ、ア、ワタしは棘のない薔薇を縦に切ってカイザーデウマレタ、わタシは骨のない墓を横に切ってカイザーでフタタビウマレテシマッタアア人間には模様がないワタシは線を引く頭が痛いナニカヲワスレテ生きてシマウ、ウミの苦しみから遠、くで
駆動する現在

駆動する現在
駆動する現在
駆動する現在
像が生まれる
ヨロコビヲ
カヲにしてしまうヨロコビの咎で
分岐壱《もう大丈夫の世界》へ
分岐弐《あわよくば夢の世界》へ
分岐零《もう一度コノハナシを数えろ》

# ジュリエット

ラプシスの遺骨
エラフスの蹴爪
色の指定
帯の歌、
花心音をあみ、
ひらいている、
イーゼル、
ラキュナを、
具層を走らせ、

知らせる、
液体的知性、
蹄叉する丸剝から充塞する、海
除幕はプリテクストの帆、
憐憫の浮上は顕熱
なら、馭者として渋々
渦巻きを持ち送るのは
やめて、
否や一塊の隕石が踵を浮かして
存命は本当の告発と疼抱く削り手紙
気化する美化が
嘗てストロークであった頃の
パパゲーノ
水母の個体差にはモンタージュ
運河、

柳に繋がる帰り際の総称、
未来の深い痕は前下方に、
重心は面馴れない
懐かしい夏の日に信と不信が燃えている
つくられたものには神がいる
蝿の卵、西瓜の皮
皮手袋、手染めの乳濁液
テレビデオの強制、
機械太鼓の表情が記念傷
おや、慎重な水溜まりが束の間、
高感度の流れる
握江には花火、
吹き飛んだ屋根の眉尻に
イラスト、足元に戻っている、
土のふくらみ

萎み乍ら運ぼうとする波食窪、
屈撓されても
姿勢は軸、
時空は死生、
空に試し乗ることで
祈ることです、
呪われた奪格を、
舞台上まで
誰もいないアトリエまで、
ああ砦まであるいて
木枠、回りから歌が聴こえる、
古民家の孤独
軽く飛び越える框を、
然、理不尽さえリフト
大切な野草が鉄化粧している、

緋襷も蕾に雨
打つこと、蟬、
循環する眠気と、
分泌する液
毒、期待も込めて、
採光、彩光する透かし簾
薄明かり、
紫のジャガードに込められた死を
巻波の浮きやすさを、
かつて、そして一層の
支持梁、肩を待ちながら、
艶よりも研かれて
飴色の悦喜はもうみないだろう、
臍を伸ばし
大きな泡の中で沈みながら、

靴は既に脱いだ
独楽と、
身動きが取れなかった意図を共にし
指先で続けた稀、
十二月の逝去も原因不明

# ドレス

牽き肉のクラップ
じっと尖る鱗翅の杜から
赤黒い無視して跳ねる
びっしりと葉は茎は、
裏伝いの棘は骨は削げた、
尾根は折れた声だ、
峯ならず稜隔、
液体を拡大して構えるアイネ、
絶海を玲瓏玲瓏と足せば、

斜なだれたアナー、
いちびる、
放りたべた十頭蛾、
林試の森から
仮暮らしのブリゲード。
立心偏の慄愉る露は、
焦ったい抛げっと、
逢うと伝うと吊り合う途、
胸ずろなう霊格、
下腿横隔を捲し立てる櫂手、
絵維持を多良り射具りと場紗ることなかった、
一軸の普段着、
遮ぁ施の赫、
願る離私の折柄
嗄れ根の鑽は屍の網場たぎる。

喋り利く脈は、
裂けきぎる前歯のぴき、
匹ずられて堕えたら、
濤を編みさけりに叫ぶサイレン、
ぱら咲いて、
われても、
たえても。
ラスタで哭く何回も腕、
質駒のブラック、
在途にじとる臨死の守から
薔薇しめて矯めるなら回復は似顔絵リバース、
拙い透明は積んの滅多、
熾こっ、
織こってて、
攣るし渓。

体液を割いはて着換えるファアラ、
だからドレド、
縛られたバッスルコルセット、
忽然とりゅ　せいぐん
総譜りるこの時から
うしなわれたせかいいかせたれわなし、
うあ、
たら絞めてみしリめくルもくあミのまりあァ、
のろ破れたれい消したすがたいろウなキうみ、
向かい合っ手いるわけでは在りませんでした、
突然のりゅ　せい物群
しふるはじめたから
性ぶつ群　りゆりゆと
ふるしはじめからた、
凸然のりゅ物せい

癌しふぅる目尻から来た、
轍然のら　ぶっ斉画
ふるし眦たらしきたる、
脈波り合っているときでは。
鐫ちませんでした、
トルネード、アーリヤン、
鳥の人形の、あら
わたくしははだいろとはだいろのないろの、
垂ら糸の名前とただ、
壱図を饗する処遇の窓、
ちびちびと綢繆しては、
生き生きと、生々と、
体内時計、会いに来た、
泥軟土、象たらばら、
眼球は肺だ、

もっとも吸ぃ込んでから手放す
指は生だと仕手どうしたラ数えることガ出来、
繰り返せ歯どうして画素を彫ルことが出来ル、
リキッド、
佇たずむほおぼねを探して換さく、
カスケード、
盲じて尚しぼねない腐ってれび、
痺れ肉のブロック、
ルガはジュート洩りから
黒々い通過して慈死んでる。
擬しり葉は首は、
空蔦穢のゲットー、
枝信号と刎ね撒ぃた種だ、
海里きのくびらヲ乾びて黴。
ここから一つ目、

十戒を新しい学と掛けて、
独学のシャレード、
地理狂い、
首おしいシェグリットの指輪から
紫の青い赤をさくらむする肺根。
背鰭の縛は、
数尾を細胞細微ィし抉り取る、
グリッサンド、
歌耐え馬の迎えた海月が番たプラネタ、
蹄燕、
安達太良山の上には、
菰じた小文字たちは罷、
りりりるの水、
ピラネージの違法建築は牢は
はだく遠い這代色の裸のびきびき。

体は彼方、
頭はびりき、
把ぁん態の放熱は晴れた羽根だ、
雨はふぁんと、
ルカの白く濁った目玉の枝は、
麻婆炒飯みたイなバッハす誤かった赤智ゃん、
謝ぅばー螺っ黒ぐ始遊けて灯臨、
吸う太陽殻
森の覆い傘をむしくらする澎湖寂れの獏たち、
バリケード倍稼働を膀胱鼻腔において配壁断、
ならずもの切一ヲ。
萼アトラスの合図を待ち、
メトセラはダイブ。
保ん逫に素晴らしくて未、
豁然刀の顕微鏡葬具、

耗耗舞喉の醤笛狼から
ユリシスは優しぃ妖精の清遊だ。
回遊生物群、
馬台の喪襯は管を待つ二つの罰として、
穴は、
孔慣れて羅れた滅絶に盡し難ぃあうろらの粗、
剃ろ剃ろと思ひヲ殺げるために、
細挽きゅく、
破局肉のブリザードは久方の数多の逢魔から
ポール・ギラゴシアンの蹴飛ばした硝子ドアと、
右足弾き語り、
禍断ちは渡し場を探した魂だ、
なにか波が鳴り開いていた水砥石の報意識だ、
接触に依存して拵えた存在の遅疑を千切れた、
風と梶の顎門、

べべべ部、
凶凶凶愚、
ぼがり
施盤らしい雀のようになっていく解洞帯同槐、
ただぬらぬらと疑うほどあんな藍になれない、
鳩の頭はマラカスだ、
儀仗と痴情のぃいこと、
冰と満には嫩しる箇ごりと娯楽惑星コラプス、
燦々素のポリープは卵腫泡、
擦辣趣の遮らら
ぴぐぺりるグリップ。
潭拍子の旅を隘路は尾、
閃熱が刺さる心根の簀を損う肋の重なる高さ、
聯覚で骨歩廊を被ッ、
間っているたのしみを、

ばばば葉葉、
ばばば嗎の番
いうつつつ

# あばら狼の秋

ふと　さきわかれる葉脈の
握り合っていたこと
枝拾　う　ぱきり
枯れ骨の　にくづいて
にくづたう風
びゅうこなかぜ
燃ぬけのからの
胸から出版した
あばら狼の咲きこなかぜも

わかるということのないまま
あゆみおと　こたえる
あざといかいがらは
おおきくおかれている
かわし狼の痩せまなこは
ぼろまわりで
二つ眼が眼球振盪
二つ心が心房細動
しろまなこへおちこむ
枝狼たちのほねつき
わたしのおくりおおかみ
わたしおおかみ
千々にひとつ
ぐりっと　さらさら
そしてたしかでもある

逃れおと
あゆみつき
あしおとをけして
聞かれずにある名前
わたしだけのものではないけれど

# 私怨

動く宝石は手紙は濡れて生き生きと行き来
目は、首は水を忘れた狼になって岩を周り
歌い続け。嗅ぐ花のにおいで、手は、足は
音の鳴る頭が、頬が唇が歯が舌が壊れそう
目は、水は腕は静かにひかえてもわらふ風
宿る。樹体を告げ知らせて、引き摺り出て
通過して　薄く延して凪へ向かう息の指に
目尻を抜ける部屋、顎を胸を腹を駆け落ち
浴槽を　なま布の庇がしろい網　立ち別れ

手、数えて　心臓は枝分かれして絡み合う
まなこは　泥で汚れて　掠れゆく　声質で
眼球は　滓になって、雨にも雪にもならず
なぞる　透けて見える　封を　紙を　性を
先端を微かに振るわせる、朽ち落ちた木屑
折られて。さばき分けて広がるならば　今
ぱららら、灰を海に撒くような光として
一層。すべての動きは理解しようと損じて
遮光　　　あ　動かなくてはならない
叫びと囁きの間の、絶望であるほどの縫い
動くことができない　私はここにいない
わたしたちが休んでいる部屋は嘘だった
そして私はここにいる、駆け堕ちて何度も
糸　余儀なくまだ知らない私らのダリア
あれは心ではない　これはこころではない

ほとんどひとりで、　わずかな読み書きを
誰もいない夜はどこまでも続いて　ひっそりと
潭《ふか》み　あなたは入ってくれるかしら

# 犬うごかん

犬うごかん
まったくうごかん
だっこしてかいだんのぼって
おろしたらぜんぜんうごかんのよ
ただかぜあびてふるえてる
うんがぞいのさんぽみち
さんきろのからだねざしてる
はめてるりーどひっぱっても
ぐいーとそのばにいすわる

ふてぶてしいこがたけん
でかい犬がむこうからきた
うちの犬きほんいきものむり
まったくうごかんのだけども
めちゃびびってるのがわかる
だってもうかおがちがうのよ
はがいたらしいからいぬいわれて
ちびってるようなかおしてる
がいこつをそうぞうしてるよ
こんあたまんなかではきっと
これいっしゅんだけどいぬは
ずっとおぼえてるかもしれん
そうおもうしかなかったわね
てか犬はあしよわいやつ
うれなかったよわいやつ

ぶりーだーにてきとうにそだてられ
いっさいまでふろはいったことなかった
いまでもしゃわーいやがってる
よーくしゃーてりあなんだけど
うちきたときめちゃもじゃもじゃ
だんぼーるしんぶんしそこおった
いきものまちがえたおもったけど
こんいぬあんまりつよくてなるべくよわい
してたんなっていまならおもえる
犬うごかんはだからちきゅうのこと
そんくらいにとらえなくちゃならんね
ぼろろぼろろ顔が糸ぼろろろろ顔がいた
宝石箱の中に大好きなおやつをあげる

# 人のいない海

なおのうごめき
今一度の会うこと
監《かこい》がなければ形がうつくしい
成れ果ては濁る水晶の浮む瀬
渡りの推進力となって
ほんとうの姿を減らしている

# 謐

あらわれの受容。切子越しの吊りあい
なまあたらしい跪きに注がれのかさなる
結び手にかかりきる。容赦無く抜ける
昼が育てられている。こびりついた
無意味な物体は　みくずたちのように
ささえられた人は　かがやいていた
手が決まったら　遠くで愛し合うから
久しぶりに出会う　何度もあなたをみる。

# 犬の死

動かないものを追いかける
動かないものを追いかける
昨日
犬が死んだ
死んだとわかるのはむずかしい
体温がなくなってゆくあの感覚
霊の冷たさ
わたしは犬が死んだのか
よく　わからなかったので

犬が死んだ　と友人に言ってみた
すると　よく生きたね　と返ってきた
今　この人は
生き続けてきたものの終点について話したのだ
私は泣いた

# 誰もいない夜

今、襲われたらひとたまりもない束を
壊れた舟がすすむ輪郭の濾過によって
緩やかに減速しながら体温の
あなた自身成り立ちのようなおおぞら

# 後書き

倒れる
アンナ・カレーニナのために。

動機
牧野虚太郎に続いて。

ありふれた馬
ハーレド・ジュマ『白馬が自殺した夜』に続いて。

窓
アントン・チェーホフの晩年の悲喜劇に続いて。

わたたし

モハンナド・ユーニス『紅葉』に続いて。

カヲ

青柳カヲルのために。

ドレス

青柳カヲルに続いて。

犬うごかん

ルークに続いて。

犬の死

ルークのために。

誰もいない夜

山之口理香子舞踊公演「Chambres」（二〇二三年五月二十八日）のため書き下ろし。

高安海翔　たかやす・かいと
一九九八年生。東京都江東区在住。早稲田大学大学院文学研究科在学。

誰《だれ》もいない夜《よる》　lux《ルクス》 poetica《ポエティカ》⑤

著者
高安海翔《たかやすかいと》

発行者
小田啓之

発行所
株式会社思潮社

〒一六二―〇八四二　東京都新宿区市谷砂土原町三―十五
電話〇三（五八〇五）七五〇一（営業）
　〇三（三二六七）八一四一（編集）

印刷・製本
創栄図書印刷株式会社

発行日
二〇二四年八月三十一日